사랑하는 토끼 머리에게

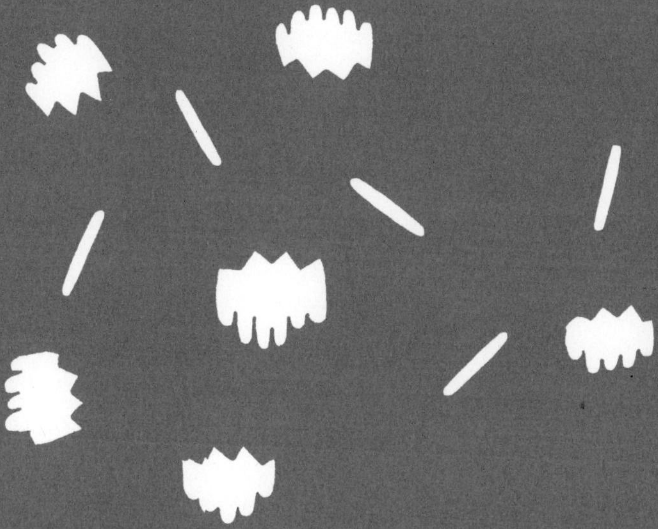

사랑하는 토끼 머리에게

오한기 글×소냐리 그림

미메시스

차례

나는 사람이다. 성별 : 남자. 나이 : 34. 머리 하나. 눈 둘. 코 하나. 귀 둘. 입 하나. 특히 입술이 립글로스를 바른 것처럼 빨갛고 반들반들해서 예쁘다는 말도 많이 들었지. 키도 한국 남자 평균보다 크고, 팔도 두 개, 다리도 두 개다. 한국에서 태어나고 자라서 대학교까지 졸업한 한국인답게 한국어도 유창하다. 허리도 곧고 걸음걸이도 멋있지만 아무도 눈치채지 못했거나 눈치챘더라도 나에게 말해 준 적은 없다. 잔병치레가 많긴 하지만 아직까지 건강에 큰 문제는 없다. 여기까지. 이 글로 인해 불이익이 생기거나 신변에 위협이 가해지면 안 되기 때문에 나에 대한 구

체적인 정보는 더 이상 밝힐 수 없다. 어쨌거나 말했다시피 나는 버젓한 사람이다. 바로 여러분 주위에 있는 사람 중 하나일지 모르니 잘 살펴보시길. 나는 언제나 당신을 보고 있으니까.

다만 내겐 특별한 게 하나 있다. 바로 별명이다. 당연히 별명은 다른 사람이 지어 주었고, 당연히 나는 원하지도 않았는데 그 별명을 얻었다. 별명이란 게 원래 그렇고, 여러분도 전부 자신의 별명이 특별하다고 여기겠지만, 모든 걸 감안하더라도 내 별명은 다른 별명들과 다른 지점이 있었다. 그렇다. 지금부터 할 이야기는 내 별명과 관련이 있다. 별명 이야기만 하면 금세 흥분하고 말지만, 지금부터 최대한 이성적으로 이야기하도록 노력하겠다. 그러니 조금 흥분해서 거친 말을 하더라도 이해해 주시길.

토끼 머리. 어쩌면 이미 알고 있겠지만 이게 내 별명이다. 어린아이였을 때부터 외삼촌은 나를 토끼 머리라고 불렀다. 그렇게 나는 토끼 머리가 됐다. 토끼 머리를 지닌 인간. 반인반수(半人半獸). 물론 평생 독신으로 살았던 외삼촌은 엄마가 죽은 뒤 내가 사람 노릇을 할 때까지 돌봐

준 고마운 분이다. 그러나 이 괴상한 별명 때문에 나는 외삼촌을 증오할 수밖에 없었다.

토끼 머리의 기원은 나도 짐작할 수 없다. 몇 번 물어봤지만 외삼촌도 기억하지 못했다. 내가 기억하는 그 순간부터 아는 사람도, 모르는 사람도 최면에 걸린 것처럼 나를 토끼 머리라고 불렀다. 심지어 커다란 개들은 나를 볼 때마다 먹잇감을 보듯 으르렁거렸다. 무서워서 동물원 맹수 우리 근처에는 가본 적도 없다.

다른 건 몰라도 이거 하나만은 확실하게 말할 수 있다. 이 세상에서 나만큼 토끼 머리에 대해 깊이 생각해 본 사람은 없을 것이다.

토끼 머리 = 토끼의 머리

그러나 아무리 생각해 봐도 나와 토끼 머리의 공통점은 찾을 수 없었다.

거울을 잘 봐. 내가 어딜 봐서 토끼 머리야. 내 눈은 빨갛기는커녕 잠을 하도 많이 자서 항상 맑아. 귀는 귀걸이처럼 양 볼에 딱 붙어 있다고. 앞니가 살짝 돌출되긴 했지만 놀림받을 정도는 아니야. 심지어 나는 게을러서 느릿느릿 걸어다니지. 그런데 토끼 머리라니. 송아지, 강아지, 고양이, 이런 귀여운 별명도 많은데. 아니, 토끼도 좋단 말이야. 그런데 하필 괴상망측한 토끼 머리라니! 토끼 머리는 아무도 귀여워하지 않잖아. 사지가 잘린 채 돌아다니는 괴물 같단 말이야. 나를 뭘로 보고 재수 없게 그 불경한 단어를!

한때 나는 하루 종일 얼굴을 뜯어보며 이렇게 중얼거리곤 했다. 어느 순간부터는 모든 게 허무해졌다. 이미 토끼 머리로 불리는 이상 토끼 머리의 비밀을 파헤치는 건 시간 낭비라는 생각이 든 것이었다. 나는 토끼 머리에 얽힌 수수께끼를 푸는 걸 포기했다.

언제부턴가는 영화나 텔레비전에서 교수형 장면이 나오면 헛구역질을 했는데, 내가 교수형을 당한 뒤 간수가 복면을 벗기면 토끼 머리가 드러나는 장면이 나도 모르게 상상됐기 때문이었다. 사형장에 목이 걸린 채 다리가 덜렁덜렁거리는 토끼 머리! 죽음이 아니라 행복한 삶을 토끼 머리에게!

물론 나쁜 기억만 있는 건 아니었다. 그래도 초등학교에 입학하기 전엔 괜찮았다.

토끼 머리, 안녕!

토끼 머리, 많이 자랐구나.

우리 토끼 머리, 잘 자렴.

어쩜 세상에 이렇게 깜찍한 토끼 머리가 있을까!

어릴 땐 이렇게 나를 귀여워하는 사람들이 많았으니까. 그들은 내 머리를 쓰다듬어 주고 따뜻하게 안아 주었다. 사탕도 사주고 용돈도 쥐어 주었다. 토끼 머리라는 별명은 애정 표현이었다. 그럼 나는 토끼처럼 앞니를 내밀고 손으로 귀 모양을 만들어서 깡충깡충 뛰며 노래를 불렀다. 산토끼 토끼야 어디로 가느냐, 깡충깡충 뛰면서 어디로 가느냐. 그럼 나는 더 많은 사랑을 받을 수 있었다. 나는 영악한 아이, 아니, 토끼 머리였다.

사춘기가 되자 상황은 달라졌다. 나는 날이 갈수록 어른처럼 변했고, 거울을 볼 때마다 나조차도 징그러워서 눈을 돌렸다. 심할 때는 몸을 보기 겁나서 한 달 넘게 목욕을

하지 않은 적도 있었다. 나는 더 이상 캐리커처가 아니라 정밀하게 그린 초상화였다.

사춘기가 지나자 사람들은 기다렸다는 듯이 내가 토끼 머리라는 이유로 비난하기 시작했다. 토끼 머리가 아닌 척하기도 했고 숨어 다니기도 했지만 사람들은 기막히게 나를 찾아냈다. 그 무렵부터 토끼를 싫어하게 된 건 당연한 결과였다. 심지어 풀밭을 뛰어다니는 토끼를 떠올리며 풀, 나무, 숲 같은 것들도 싫어하게 됐는데, 취직한 뒤엔 벌목을 지지하는 극우 단체에 1년 가까이 후원을 하기도 했다. 지금은 초록색이라면 아예 질색을 한다.

싫어하는 것: 시금치, 테니스, 개구리, 네 잎 클로버, 스타벅스

대학교를 졸업한 뒤에도 사람들은 어떻게 알았는지 나를 토끼 머리라고 불렀다.

토끼 머리 씨, 왜 토끼 머리를 달고 있는데 토끼처럼 영리하고 빠르게 행동하지 못해?

직장 상사들은 나를 꾸짖었다.

토끼 머리에게는 대출이 불가능합니다. 머리가 토끼인 고객은 신용 등급 자체가 없단 말입니다. 그런데 주민등록증은 있긴 한가요?

은행 대출 창구에서도 몰아붙였다.

이게 다 네가 토끼 머리이기 때문이잖아!

나쁜 일이 생기면 모두 나를 탓했다. 남들보다 더 열심히 일을 해서 뛰어난 성과를 거두어도, 강박이 느껴질 정도로 친절하게 굴어도, 법규와 규율을 철저하게 지켜도 어쩔 수 없었다. 사람들에게 나는 한낱 토끼 머리에 불과했다.

그 조악한 가면 뒤에 숨는다고 네가 사람처럼 보일 거 같아?

놀림받는 게 싫어서 사람 얼굴 모양 가면을 쓰고 다닌 적도 있었는데, 그땐 이런 말도 들었다.

내가 왜 토끼 머리야?

그럴 때마다 나는 이 질문을 속으로 삼켰다. 이 말을 입 밖으로 꺼내면 내가 진짜 토끼 머리가 될까 봐 겁이 났기 때문이었다.

그럼 토끼 머리가 토끼 머리라고 하겠냐?

내 속마음을 어떻게 알았는지 사람들은 이렇게 되받아쳤다. 그러니 토끼 머리가 아니라고 해봤자였다. 그래, 너희들 말대로 토끼 머리라고 치자. 토끼 머리를 지닌 게 죄란 말인가. 토끼 머리가 대체 무슨 죄가 있는가? 답답하네. 나는 단지 토끼 머리라는 별명을 가진 사람이라고. 이 호래자식들아!

거봐, 토끼 머리가 맞으니까 아무 말도 못 하잖아.

지쳐서 가만히 있으면 이렇게 말했으니 나는 가만히 있을 수도 가만히 있지 않을 수도 없었다. 지금은 이게 내 이름인지 별명인지 헷갈릴 지경이다.

당시 나는 온갖 피해 의식에 사로잡혀 있었다. 〈토끼〉라는 단어를 없애기로 마음먹기도 했다. 〈머리〉를 없앨 수도 있었는데, 그럼 전 세계 70억 명의 머리를 뭐라고 불러야 할지 대책이 안 섰기 때문이었다. 게다가 토끼라는 단어가 사라지면 진정한 사람이 될 수 있을지도 몰라. 토끼를 지칭하는 언어가 사라지니까. 나는 광기에 사로잡힌 채 어리석은 꿈을 키우고 있었다.

나는 언어학자들을 찾아다니기 시작했다.

토끼라는 단어를 없애 주세요. 이건 불공정합니다. 그 단어 때문에 제가 한평생 극심한 피해를 봤다고요.

처음엔 점잖게 요청했다. 학자들은 내 사연을 잘 들어 주었다. 흥미를 보이는 것처럼 고개를 끄덕이기도 했다.

그럼 대체 토끼를 뭐라고 불러야 합니까?

그들이 물었다.

깡충이? 긴 귀? 둥근 꼬리? 빨간 눈도 괜찮겠네요. 어떻습니까?

내가 대안을 제시하자 그들은 처음에는 웃어넘기다가 나중에는 상대도 해주지 않고 피해 다녔다.

초등 교육 과정부터 고쳐야 합니다. 어린아이들에게 토끼라는 단어를 강요하면 안 됩니다. 차별적인 언어를 교육하면 아이들의 무의식에는 폭력성이 자리 잡고 맙니다. 자, 이건 혁명입니다. 우리나라부터 시작해 전 세계로 확대해야 합니다. 제 꼴을 한번 보십시오. 토끼는 모든 악의 근원입니다.

나는 열변을 토하며 그들을 따라다녔다. 강의실, 연

구실, 집까지. 그랬더니 그들은 겁 많은 산토끼처럼 하얗게 질렸다. 이름은 밝힐 수 없지만 텔레비전에도 자주 나오는 한 국립대 교수는 이제부터 토끼라는 단어를 사용하지 않을 테니 제발 자신을 따라다니지 말라고 애걸복걸하기도 했다. 자신에겐 아무 죄가 없다고, 죄가 있다면 세종대왕에게 있으니 무덤에 가서 따져 보라고 울먹거리는 학자도 있었다. 다른 학자들도 비슷한 처지였다. 그들에게는 세상을 바꿀 능력이 없었다. 왠지 억울했다. 모든 게 그들의 무능력 탓 같았다. 나는 그들에게 토끼 머리를 하나씩 보냈다. 물론 세종대왕 묘비 앞에도 올려 뒀으니 억울해 하지 마시길.

토끼 머리 씨, 왜 그들에게 토끼 머리를 보냈습니까? 좋아요, 백번 양보해서 사람이라면 그럴 수 있습니다. 사람이란 존재는 가끔 비이성적이고 잔인해지는 법이거든요. 그런데 토끼 머리가 토끼 머리를 자르다니요. 이건 중죄입니다. 당신은 파렴치범이라고요. 왜 그렇게 잔인한 행동을 했습니까?

신고를 받고 나를 체포한 경찰이 캐물었다. 그때 내가

뭐라고 대답했는지는 잘 기억나지 않는다. 다만 잘못했다고 고개를 조아리며 눈물을 흘리는 토끼 머리가 떠올라서 울컥할 뿐이다.

나는 그 뒤에도 불쑥불쑥 화가 치솟으면 서점을 순회하며 사전에서 〈토끼〉를 찾아 찢어 버리거나 포털 사이트 사전에 등록돼 있는 〈토끼〉를 삭제해 달라고 항의 메일을 보냈다. 당시만 떠올리면 내가 한 일이 하나같이 감정적이고 시시해서 토끼 굴이라도 파서 숨고 싶은 심정이다.

당연히 지금껏 〈토끼〉는 사라지지 않았다. 모르긴 몰라도 지구가 멸망할 때까지 토끼는 인류와 함께할 게 분명했다. 나는 마음을 비웠다. 달리 방법이 있겠는가. 다른 사람들이 불러 주는 대로 토끼 머리의 인생을 사는 수밖에.

그 무렵 외삼촌은 요양원으로 거처를 옮겼다. 성인이 되고 독립한 뒤로는 연락을 끊고 살았는데, 몇 년 전부터 먼 친척에게 건강이 좋지 않다는 소식을 들어 왔던 터였다. 외삼촌은 요양원에 들어가기 전에 잠깐이라도 만나자고 했지만 나는 거절했다.

사랑하는 토끼 머리에게

가끔 외삼촌에게 이렇게 시작하는 편지가 왔다. 별 다른 내용은 없고 징징거리고 신세 한탄을 하는 편지였다. 나는 단 한 번도 답장을 하지 않았다. 이 빌어먹을 별명을 지어 준 당사자에게 편지 같은 건 하고 싶지 않았다.

그 뒤 묘하게도 나는 외삼촌 생각을 자주 하게 됐다. 외삼촌이 토끼이고, 외삼촌이 잘라 놓은 머리가 바로 나라는 생각이었다. 나는 터무니없는 망상이라는 생각이 들어서 그런 생각이 떠오를 때마다 머리를 저었다. 그 이후로는 머리를 젓기만 해도 요양원 독방에 갇힌 머리 없는 토끼가 떠올랐다.

그렇다고 외삼촌을 영영 만나지 않은 건 아니었다. 언젠가 외삼촌이 위독하다는 연락을 받고 면회를 간 적이 있었다.

한여름으로 기억한다. 외삼촌은 침대 위에 죽은 듯이 잠들어 있었다. 나는 외삼촌을 물끄러미 바라봤다. 외삼촌은 머리가 없는 토끼가 아니었다. 사람의 머리에 사람의 육신을 지닌 채 사람의 시간에 맞춰 죽어 가는 늙은이였다.

시간이 흘러도 외삼촌은 좀처럼 눈을 뜨지 않았다. 내가 할 일이라곤 가만히 앉아서 창밖을 내다보는 것밖에 없었다. 창밖에는 뜨거운 햇빛과 녹색 이파리가 울창한 나무들이 보였다. 햇빛은 녹색을 더 선명하게 만들었고, 나는 그 끔찍한 광경을 피하기 위해 눈을 감았다. 그때였다. 분명히 눈을 감고 있었는데 보였다. 날개 달린 토끼들이 나뭇가지 위에 떼 지어 앉아 있는 광경이. 머리만 비정상적으로 큰 토끼들이었다. 토끼들은 날개를 퍼드득대며 나뭇잎을 뜯어 먹고 있었다.

저리 꺼져, 이 괴물들아!

내가 소리쳤다. 그러자 그들은 나를 일제히 노려보며 괴상한 소리로 울기 시작했다.

네 자리를 남겨 뒀으니 언제든지 여기로 오렴.

그들 중 하나가 입을 오물거렸는데, 이런 음성이 들리는 것 같았다. 그 뒤 토끼들이 뒤뚱거리며 움직이기 시작했다. 금세 토끼들 한가운데 빈 공간이 만들어졌다. 내가 들어가면 딱 들어맞는 크기의 구멍이었다. 누가 구해 주지 않으면 블랙홀에 빨려 들어가듯 그 공간이 나를 끌어당길 것만 같았다.

다행히 얼마 지나지 않아 의사가 들어왔다. 나는 눈을 떴다. 온몸에 식은땀이 흐르고 있었다. 의사는 내게 안색이 좋지 않은데 어디 아픈 건 아니냐고 물었다. 나는 괜찮다고 했고, 외삼촌이 많이 위독하냐고 물었다. 의사는 고비는 넘겼지만 신경계 퇴행으로 인해 뇌 기능이 서서히 마비되고 있다고, 얼마 지나지 않아 치매와 비슷한 증세가 오고 결국에는 죽어 갈 거라며 마음의 준비를 하는 게 좋을 거라고 했다.

치매가 오면 저를 잊을 수도 있나요?

내가 물었다.

슬픈 일이지만, 그렇습니다.

의사가 대답했다.

완전히 잊을 수 있는 거죠?

시간이 조금 더 흐르면요.

의사가 침울한 표정으로 고개를 끄덕였다. 되돌아보

면 당시 나는 별명을 지은 당사자인 외삼촌이 나를 잊는다면 왠지 다른 사람들도 나를 잊을 수 있을 거라고 여겼던 것 같다. 나를 잊을 수 있다는 의사의 대답에 약간 설렜으니 말이다. 그때 외삼촌이 천천히 눈을 떴다. 우리는 눈을 마주쳤다.

귀여운 우리 토끼 머리, 얼마나 보고 싶었다고.

외삼촌이 마른 입술을 달싹이며 말했다.

내 곁으로 오렴.

외삼촌이 손을 뻗었지만 나는 몸을 피했다. 의사가 이상한 눈으로 나를 바라봤다.

이분은 제 외삼촌이 아닙니다. 제 외삼촌은 머리가 없는 토끼입니다.

나는 이렇게 말한 뒤 뒤도 돌아보지 않고 요양원을 벗어났다. 요양원을 빠져나오는 내내 나무 위에 앉아 있던 토끼 괴물들이 날개를 펼치고 나를 따라 날아왔다. 그 장면이 아직도 생생해서 소름이 돋는다.

그 뒤 나는 마음을 굳게 먹었다. 진짜 토끼가 되어 보기로 한 것이다. 이왕 토끼 머리라는 걸 부정할 수 없다면 달리 다른 방법은 떠오르지 않았다. 진짜 토끼가 된다면 사람들이 나를 토끼 머리라고 부르는 것도 이해할 수 있을 것 같았다. 게다가 괴물 같은 토끼 머리보다 토끼가 낫지 않은가. 모두 토끼를 좋아하잖아. 까짓것 토끼를 연기하면 되지. 178센티미터의 인간 토끼. 앵무새처럼 사람 말을 흉내 내는 토끼. 김치찌개를 좋아하는 토끼. 혹시라도 비겁하다고 비난할 생각은 하지 말길. 어차피 토끼 머리로 불리며 살아가는 이상 내 인생은 꼬일 대로 꼬여 버렸다. 그런데 토끼가 좀 되는 게 어때서 그래.

토끼를 연기하기 위해선 토끼를 관찰해야 했다. 나는 집토끼 두 마리를 인터넷으로 주문했다. 암수 한 쌍으로 한 마리에 3만원 정도였다. 암컷은 검은색과 흰색 털이 듬성듬성 섞여 있는 점박이었고, 수컷은 연한 갈색이었다. 이름도 지어 줬는데 기억나지 않는다.

다른 건 몰라도 이거 하나는 자신 있게 말할 수 있다. 나는 진심을 다해 그들을 길렀다. 가장 좋은 사료를 주고 스트레스를 받지 않도록 자유롭게 풀어놓았다. 그래도 토끼들이 답답해하는 것 같으면 공원으로 산책도 데리고 나갔다.

걱정 마. 너희들을 이해하는 유일한 사람은 바로 나야.

외롭지 않도록 말도 많이 걸어 주었다.

토끼 기르기에 어느 정도 적응됐을 때 나는 토끼를 따라하기 시작했다. 토끼처럼 뭐든지 갉아먹었다. 깡충깡충 뛰어다니는 연습도 했다. 눈을 빨갛게 만들기 위해 시도 때도 없이 눈을 비비고 귀를 길게 늘이기 위해 틈만 나면 잡아당겼다.

그러나 토끼의 세계에서도 행복은 유효 기간이 짧았다. 토끼들은 조금 자라자 제멋대로 교배를 했고, 곧 새끼 토끼들이 태어났다. 새끼 토끼들은 금세 자라서 또 교배를 했고, 수많은 새끼 토끼들을 낳았다. 언제부턴가는 토끼들이 몇 마리인지 짐작조차 할 수 없게 됐다. 집 안 곳곳에 토끼들이 숨어 있었고, 나는 무언가를 갉아먹는 소리 때문에 잠을 잘 이루지 못했다.

그러던 어느 날이었다. 나는 토끼들이 내는 소리 때문에 밤새 뒤척이다가 간신히 잠에 들었다. 얼마나 지났을까. 나는 쿵 하고 무언가가 떨어지는 소리에 눈을 떴다. 침대가 기울어져 있었다. 밑을 내려다보니 수십 마리의 토끼

들이 침대를 갉아먹고 있었다. 입에서 저절로 비명이 새어 나왔다. 그러자 토끼들이 일제히 침대 위로 기어올라 오기 시작했다. 나는 그길로 짐을 싸서 집을 빠져나왔다. 그 토끼들을 까맣게 잊고 있었는데 이 글을 쓰다 보니 기억난다. 마침 전세 계약이 끝날 무렵이었다. 주인에게 별 다른 말을 못 들었으니 토끼들이 잘 지내고 있는지 모르겠다. 아직도 그 집에 숨어 있다면 행운을 빈다.

나는 포기하지 않았다. 토끼 귀가 달린 털모자를 쓰고 다니기 시작한 것이었다. 토끼털 목도리나 코트에서 뽑아낸 털을 모아 살갗에 접착제로 붙이기도 했다. 급기야 놀이동산에서나 볼 수 있는 거대한 토끼 탈과 가죽을 뒤집어쓰고 다니기도 했다. 그런데 사람들은 내게 무관심했다. 아예 무시하는 것 같았다. 나는 내가 아직도 토끼 머리로 보이는지, 그게 아니면 무엇으로 보이는지 확인하고 싶었다. 어쩌면 내가 원하는 건 정체성 같은 게 아니라 작은 관심이었는지도 모른다. 아무리 무시를 당해도 사람들이 많은 곳을 일부러 찾아다녔으니 말이다.

그날도 나는 퇴근 시간에 지하철을 탔다. 지하철은 가

장 사람들이 붐비는 공간이었다. 나는 사람들을 비집고 들어갔다. 사람들이 나를 흘깃거리더니 금세 흩어졌다. 어느덧 내 곁에는 빈 공간이 생겼다. 토끼 탈은 언제나 활짝 웃고 있었지만, 나는 토끼 탈 뒤에서 우울해졌다. 어쩌면 모든 토끼가 그런지도 몰라. 신나서 깡충깡충 뛰는 게 아니라고.

엄마, 토끼 머리가 토끼인 척하고 다녀요.

그때 내 앞 편에 앉아 있던 아이가 엄마에게 속삭이는 말이 들렸다. 나는 아이에게 다가갔다.

내가 무엇으로 보인다고?

아이에게 물었다. 아이는 사색이 된 채 입을 열지 못했다.

내가 뭘로 보인다고?

나는 아이에게 얼굴을 드밀고 다시 한번 물었다.

토끼 머리다! 괴물이다!

아이가 이렇게 외치며 울기 시작했다. 아이의 엄마가 도움을 요청했다. 사람들이 몰려들어 나를 밀어냈다. 사진도 찍고 동영상도 찍었다. 다음 역에 지하철이 멈췄고,

경찰이 와서 나를 붙잡아 갔다. SNS에 내 신상 정보가 공개됐고, 인터넷 신문에 자그맣게 기사도 났다. 그 뒤 그나마 남아 있던 지인들과 연락도 끊겼고 직장도 그만둬야 했다.

그 뒤 나는 집에 누워만 있었다. 그 기간 동안 하나 깨달은 게 있었다. 진짜 토끼가 되기 위해서는 토끼 몸통을 구해야 한다.

토끼 머리가 토끼 몸통을 구합니다

나는 인터넷 게시판을 돌아다니며 글을 올렸다. 당시 기분으로는 토끼 몸통만 구한다면, 바늘로 꿰매든 접착체로 붙이든 어떤 방법으로든 하나의 완벽한 토끼가 될 수 있을 것 같았다.

며칠 뒤 누군가에게 연락이 왔다. 그는 자신이 바로 토끼 몸통이라며 오랫동안 토끼 머리를 찾고 있었다고 했다. 알고 보니 그는 이름만 대면 누구나 알 만한 대기업의 임원이었다. 그는 나를 만나 보고 싶다며 자신의 집으로

초대했다. 그의 집은 한강이 내려다보이는 고급 아파트였다. 대리석 바닥에 고풍스러운 가구들이 들어차 있었다. 언뜻 보면 세련됐지만 잠시만 있어 보면 지루하기 그지없는 인테리어였다. 한눈에 보기에도 토끼 굴이 아니라 대기업 임원의 집이었다.

오셨군요, 토끼 머리 님.

그가 정중하게 인사를 건넸다. 쉰 살쯤 돼보였는데, 백발에 값비싼 정장을 입고 있어서 리처드 기어 같은 중년 배우를 떠올리게 했다. 정장 안쪽에 토끼의 몸을 지니고 있다는 게 도무지 믿기지 않았다.

그런데 당신은 사람 아닌가요?

내가 물었다.

사람이라뇨. 저는 흰 토끼예요.

그가 말했다. 나는 증명해 보라고 했다. 그는 천천히 옷을 벗었다. 그의 알몸에는 흰털이 수북했다. 나는 탄성을 내뱉었다. 그는 자신이 토끼라는 걸 증명하듯 집 여기저기를 뛰어다니기 시작했다. 그의 뒷다리는 토끼처럼 한 번에 힘을 모아 앞으로 튀어 나가는 데 집중하고 있었다.

무엇보다 토끼처럼 작고 둥근 똥을 쌌을 때 나는 완전히 그를 믿어 버렸다. 그러자 그는 눈물을 보이며 긴 세월 동안 토끼 몸을 숨기고 살아가느라 얼마나 힘들었는 줄 아느냐고, 자신이 어떤 역경을 이기고 이 자리까지 온 줄 아느냐고 하소연을 했다. 나 역시 살아온 이야기를 하며 눈물을 흘렸다.

토끼에 대한 이야기는 언제나 슬프군요.

그가 내 이야기에 눈물을 보이며 나를 꼭 안아 주었다. 그리고 우리가 하나가 되려면 교합을 해야 한다고 했다. 당시 내가 심리적으로 불안정한 상태였던 걸 미리 밝혀 둔다. 그 미친 짓에 합의했으니 말이다. 나는 옷을 벗었고, 그는 내게 키스를 퍼부었다.

참으로 근사한 토끼 머리구나. 이렇게 완벽한 토끼 머리를 본 건 처음이야. 내가 나머지를 채워 줄게.

그가 침대 위에서 내 얼굴을 쓰다듬으며 중얼거렸다. 나도 그를 꽉 안고 보송보송한 털로 뒤덮인 몸을 어루만졌다. 토끼가 되고 싶은 간절한 심정으로. 그때였다. 내가 속았다는 걸 인지한 건. 그의 엉덩이를 더듬었을 때 꼬리가

없다는 것을 알게 된 것이다. 나는 도망치듯 그의 품을 벗어났다.

다음 날, 그의 아이디로 새로운 글이 올라왔다.

토끼 꼬리를 찾습니다

결국 나는 이 나라를 벗어나기로 했다. 머리도 식히고 생각도 정리할 겸 얼마간 유럽으로 여행을 떠나기로 한 것이다. 다른 이유는 없었다. 내가 토끼 머리라는 걸 아는 사람이 아무도 없는 곳에서 새로운 인생을 시작하고 싶었다.

한동안은 꽤 만족스러웠다. 게스트 하우스에서 외국인 친구도 사귀었고, 거리 곳곳에 단골 빵집도 만들었다. 모두 관광객에게 한없이 친절했고, 나를 사람 취급해 주었다. 그들에게 외국인이나 토끼 머리나 낯설긴 마찬가지여서 내가 누구인지 분간하지 못하는 모양이었다. 더군다나 나는 외국에서 온 토끼 머리 아닌가. 가끔 한국인 관광객들이 알아보고 수군거렸지만 그들은 한국에서처럼 호들갑을 떨지 못했다. 무시하고 피해 버리면 그만이었다. 하룻밤이지만 사랑에도 빠졌다.

나는 점점 과감해졌다. 나는 새로운 세계에 있었고, 나를 알아보면 또 다른 새로운 세계로 옮기면 그만이었다. 밤늦게까지 거리를 활보했으며, 고성이나 미술관처럼 관광객이 많은 곳도 두렵지 않았다. 겁도 없이 다른 토끼 머리들을 만나 대화를 나눈 적도 있었다. 업신여김을 받으며 세계 곳곳에 숨어 사는 토끼 머리들. 그들에 대해선 여기까지만 말하겠다. 약속한 대로 당신들의 정체를 아무에게도 말하지 않았으니 안심하시길.

그러던 어느 날이었다. 스페인 중부 지방에 머물고 있을 때였다. 나는 하루 종일 거리를 쏘다니다가 저녁을 먹기 위해 레스토랑에 들어갔다. 메뉴를 죽 훑어 보던 중 토끼 요리가 눈에 들어왔다.

토끼 머리가 토끼 고기를 먹는다니. 예전이라면 상상할 수나 있었겠나.

나는 이렇게 중얼거리며 히죽 웃었다. 어릴 때 하천에서 몰래 불장난을 했던 것처럼 들떴고 한편으로는 긴장됐다. 대체 무엇을 확인해 보고 싶었던 것인지 지금도 모를 일이다.

나는 토끼 요리를 주문했다. 웨이터는 무언가 이상하다는 듯 고개를 갸웃하더니 주문을 받고 돌아갔다. 잠시 후 토끼 찜 요리가 나왔다. 나는 나이프로 토끼 고기를 썰었다. 다리 부분을 썰을 때는 왠지 내 다리가 저릿한 느낌이 들기도 했다. 토끼 고기를 입에 넣기 전에는 잠시 망설였다. 주위를 두리번거리며 다른 사람을 의식하기도 했다. 바보 같은 짓이었다. 아무도 나를 신경 쓰지 않았다. 나는 토끼 고기를 입에 넣었다. 소고기와 비슷한 맛인데다 와인으로 만든 달콤한 소스로 조려져 생각보다 입에 맞았다. 모든 공포와 수치심을 극복한 듯한 기분마저 들었다. 웨이터가 조심스럽게 다가온 건 그때였다.

그런데 당신은 토끼 머리 아닙니까?

웨이터가 물었다. 나는 깜짝 놀라 고개를 들었다. 그는 나를 보고 식인종 보듯 인상을 찌푸렸다.

토끼 머리가 토끼 고기를 먹는다!

웨이터가 외쳤다. 레스토랑에 있던 사람들의 시선이 일제히 내게 쏠렸다.

소문은 무섭게 퍼져 나갔다. 나는 다시 도망자가 돼 유럽을 떠돌아야 했다.

재수 없는 토끼 머리, 너희 나라로 제발 꺼져.

가는 곳마다 다양한 인종들이 욕설을 내뱉었다. 그 무렵 나는 외삼촌이 죽었다는 소식을 들었다. 한동안 모른 척했지만, 요양원에서는 외삼촌의 시체를 하루빨리 처리하라고 재촉했다.

인간으로서 도리도 지키지 않는 것 봐. 어쩐지 토끼 머리가 사람인 척한다 했어.

어딜 가든지 이 환청이 나를 따라다녔다. 나는 예정보다 이르게 귀국해야만 했다.

귀국 길 비행기에서도 나를 알아보는 사람을 만났다. 로마에서 출발한 비행기에서 내려 모스크바에서 환승했는데, 옆자리에 한국인 노인이 앉은 것이었다. 그는 일흔 살은 족히 되어 보였고, 선글라스를 끼고 있었다. 한국인답지 않게 나를 단번에 알아채지 못했는데, 자세히 보니 장님인 것 같았다.

자네 한국인이지?

이륙을 기다리고 있을 때 그가 말을 걸었다. 그는 자신이 눈이 보이지 않아서 그러니 안전벨트 매는 것을 좀 도와달라고 했다. 나는 그를 도와주었다.

자네는 평생 쫓기는 운명이야. 어차피 도망칠 수 없다고.

그는 고맙다는 말 대신 알 수 없는 소리를 했다. 나는 그게 무슨 말이냐고 물었다. 그는 다른 설명 없이 자신이 점쟁이라고 했다. 나는 으스스해졌다. 점쟁이는 내 얼굴을 뚫어져라 바라보며 내 앞에 죽음의 그림자가 드리워져 있다고 했다.

누가 죽었지?

네, 외삼촌이 돌아가셨습니다.

내가 주저하다가 말했다. 그는 자신의 말이 맞는 것을 보라는 듯 고개를 세차게 흔들었다.

자네는 완벽한 존재가 아니지? 그렇지?

그가 이어서 물었다.

걱정 마. 외삼촌의 죽음 뒤엔 완전함이 기다리고 있으니까. 자네는 곧 완전한 존재가 될 거야.

점쟁이가 말을 이었다. 나는 내 인생이 그에게 달려 있는 듯해서 불쾌해졌다. 그때 그가 눈을 감아 보라고 명령하듯 말했다. 그의 말에는 거부하지 못할 힘이 서려 있었다. 나는 미래에 대한 불안 앞에서 한없이 약해졌고, 그의 말대로 눈을 감았다.

뭐가 보이지?

잠시 후 그가 물었다. 그러자 신기하게도 무언가 보이기 시작했다. 나는 커다란 접시 위에 놓여 있는 토끼 통구이 요리를 앞에 두고 있었다. 가만히 집중해 보니 나는 둘이었다. 접시 위에 있던 토끼 통구이도 바로 나였던 것이었다. 나는 온몸이 불에 그을린 채 접시 위에 엎드려 있었다. 나는 나이프를 들고 토끼 목을 썰기 시작했다. 마침내 나는 목이 잘려 나갔고, 토끼 머리는 몸통과 분리돼 테이블을 제멋대로 굴러다녔다. 나는 피 묻은 나이프를 든 채 나를 내려다보며 입맛을 다시고 있었다. 토끼 머리는 울고 있었다. 아니, 웃고 있었나. 더 이상 기억나지 않는다.

무엇이 보이지?

점쟁이가 물었다.

토끼가 보입니다. 난도질당하고 있는 토끼요.

내가 더듬더듬 말을 이었다.

달아나!

별안간 점쟁이가 외쳤다. 그 말과 함께 접시 위에 누워 있던 머리 없는 토끼가 달아나기 시작했다. 나는 소스라치게 놀라서 눈을 떴다. 점쟁이는 옆에서 벌벌 떨고 있었다. 나는 무슨 일이냐고 했다. 점쟁이는 비명을 질렀다. 승객들이 우리 쪽을 바라보며 웅성거리기 시작했다.

자네 사람이 아니지?

점쟁이가 떨리는 목소리로 말했다. 나는 손가락을 입에 대며 조용히 하라고 했다. 점쟁이는 공포에 질린 표정으로 숨을 몰아쉬었고 끝내는 간질 환자처럼 거품을 입에 물기도 했다. 내가 어쩔 줄 몰라 하고 있는 사이 승무원이 달려왔다. 점쟁이는 계속 비명을 지르며 자리를 옮겨 달라고 했다. 그를 부축해 가는 승무원이 내게 원망스러운 눈길을 보냈다.

결과적으로 점쟁이의 점괘는 맞았다. 새로운 인생은 커녕 내 운명은 여전히 내가 선택할 수 있는 게 아니었다.

내 인생은 외삼촌이 지어 준 별명으로도 모자라 점쟁이의 점괘에 몸을 맡긴 채 알 수 없는 곳으로 흘러가고 있었다. 그 점괘대로 나는 귀국하고 얼마 지나지 않아 마시마로를 만나서 완벽한 존재, 아니, 완벽한 토끼가 됐다.

마음대로 부르세요.

이름을 묻자 마시마로가 말했다. 그는 레슬링 선수처럼 키가 작았지만 몸집이 단단했다. 그가 옷을 벗자 갈색 털로 뒤덮인 몸이 드러났다. 누가 봐도 순도 1백 퍼센트의 토끼털이었다. 나는 어느새 마시마로의 몸에 매혹되고 말았다. 마시마로 캐릭터를 떠올리는 둥글고 귀여운 몸이었다. 나는 그때부터 그를 마시마로라고 부르기 시작했다.

만져 볼래요?

내가 의심하는 것처럼 보였는지 마시마로가 말했다. 나는 조심스럽게 그의 몸으로 손을 가져갔다. 전에 기르던 토끼들과 꼭 같은 촉감이 느껴졌다. 심지어 그는 앙증맞은 꼬리도 갖고 있었다.

마시마로와의 첫 만남은 아직도 생생하다. 그 이야기를 시작하려면 외삼촌의 차를 찾기 위해 주차장에 갔던 것으로 거슬러 올라가야 한다.

외삼촌은 내게 전 재산을 물려주었다. 그의 유일한 재산은 자동차였다. 나는 귀국해서 외삼촌의 장례를 치른 뒤 차를 찾으러 갔다. 외삼촌의 차는 유료 주차장에 보관돼 있었다. 나는 외삼촌을 다시 원망할 만큼의 돈을 지불하고 나서야 차를 찾을 수 있었다.

경계심이 들었다. 무턱대고 차 문을 열면 토끼 떼가 튀어나와 덮칠 것만 같았다. 나는 한동안 차를 빙빙 돌며 서성였다. 차는 생각보다 멀쩡했다. 앙고라토끼처럼 길쭉하고 매끈한 중형차였다. 오래돼 봤자 구입한 지 3년 정도밖에 되지 않은 것 같았다.

나는 차창으로 안을 들여다봤다. 차 안은 너저분했다. 앞 좌석에는 각종 쓰레기들이 널브러져 있었고, 뒷자석에는 옷가지들로 넘쳐 났다. 더 자세히 보기 위해 차창에 눈을 붙였을 때였다. 옷가지 속에 파묻혀 있는 마시마로와 눈이 마주친 것은. 그는 눈길을 피하지 않은 채 꿈쩍도 하지 않았다.

누구십니까?

내가 창문을 두드리며 외쳤다. 마시마로는 눈만 끔뻑끔뻑거릴 뿐 여전히 움직이지 않았다. 내가 몇 번 창문을 더 두드리자 그는 자리에서 일어나 앉았다. 그리고 기지개를 펴며 나를 꼬나보았다. 우리는 당신은 누구인데 여기에 왔냐는 듯 차창을 사이에 둔 채 물끄러미 서로를 바라봤다. 어느 순간 나는 내게 열쇠가 있다는 사실을 깨달았고, 천천히 문을 열었다. 마시마로는 나올 생각이 없다는 듯 몸을 웅크렸다.

누구세요?

내가 물었다. 마시마로는 나를 지그시 바라봤다. 그의 눈동자는 유난히 까맸고 촉촉했다. 아무런 관념도 깃들지 않은 짐승의 눈을 보는 듯해서 살짝 겁이 났다.

어떻게 여기 들어왔어요?

내가 재차 묻자 마시마로는 지루한 듯 하품을 했다.

아저씨 차인가 보죠?

잠시 뒤 그가 물었다. 내가 주거 침입이라도 한 거처럼 나를 아래위로 훑어보기도 했다.

듣던 대로 완벽한 토끼 머리군요.

마시마로가 말을 이었다. 그리고 차 밖으로 나와서 내 앞에 섰다.

아직 토끼 몸을 지닌 사람에게 관심이 있나요?

그가 물었다. 나는 이제 그런 데 관심이 없다고 했다.

제 몸을 보면 생각이 바뀔 걸요?

그가 이렇게 덧붙이며 옷을 벗기 시작했다. 내 눈은 나도 모르게 그의 몸으로 이끌려 갔다. 그 완벽한 토끼의 몸으로.

그 뒤 넋을 잃은 채 마시마로를 바라보던 내 모습이 떠오른다. 보슬보슬한 털의 감촉도 잊을 수 없다. 영원히 이 순간이 지속됐으면 하고 염원했던 것도. 꼬리를 흔들며 나를 유혹하던 마시마로. 인간을 피해 외삼촌의 차에 숨어 살던 마시마로. 마시마로 역시 대부분의 토끼 인간처럼 고난이 가득한 인생을 살아왔고, 사람들을 증오했으며, 이 세상에서 벗어나고 싶다고 했다. 그러나 그는 주눅 들지 않고 당당했다. 자신은 아무런 잘못이 없고 떳떳하다는 듯이. 돌이켜 보면 나는 토끼 몸을 지닌 채 살아왔던 것답지 않은 마시마로의 당찬 태도가 마음에 들었던 것 같다.

그때부터였다. 우리가 하나가 된 것은. 우리는 잘 어울리는 한 쌍의 토끼, 아니, 하나의 토끼가 됐다.

마시마로는 머리를 얹어 놓듯 나를 업고 다녔다. 나를 업은 채로 외삼촌의 차를 운전했고, 식당이나 카페에 갔다. 영화관에도 가고 야구장에도 갔다. 사람들은 우리에게 관심을 갖기 시작했다. 예전처럼 괴물 취급하는 게 아니라 호의적인 관심이었다. 어린아이들은 특히 우리를 좋아했다. 말도 걸고 먹이도 주었다. 함께 사진도 찍었다. 마시마로는 귀찮다고 투덜거렸지만, 나는 만족했다. 매일 밤 이토록 행복한 건 생전 처음이라고 잠든 마시마로를 쓰다듬으며 속삭였던 게 떠오른다.

우리는 외삼촌의 차에 기거하며 그날 기분에 따라 떠돌아다녔다. 그러다 밤이 되면 서로를 매만지다가 잠이 들었고, 따사로운 햇살이 차창 안으로 스며들면 잠에서 깨어났다. 차창을 내리면 사람들이 우리를 보며 미소를 지어주었다. 모든 게 완벽했다.

시간이 흐르자 우리에게 접근하는 자들도 있었다. 서커스단에서 거액의 계약금을 준다며 함께 일하자고 했다.

언론에서는 우리에 대해 궁금해했다. 몇 차례 인터뷰 요청도 들어왔다. 나는 거리낄 게 없었다. 마시마로는 못마땅해했지만, 나는 드디어 우리를 이해시킬 수 있는 기회를 잡은 것이라고 그를 설득했다. 나는 나에 대해, 마시마로에 대해, 우리의 만남에 대해 모두 털어놓았다.

마시마로는 나와 달랐다. 어서 이 세상에서 벗어나 인적이 드문 산에서 조용히 살고 싶다고 했다.

토끼 머리가 토끼 몸통을 만나다

그러니 이런 제목의 기사를 봤을 때도 마시마로가 화를 낸 건 당연했다. 마시마로 위에 내가 올라타 있는 우스꽝스러운 사진이 같이 실려 있어서 나도 약간 부끄러웠으니 더 이상 할 말은 없었다. 마시마로는 화가 잔뜩 난 채 이만큼 즐겼으면 더 이상 도시를 맴돌지 말고 산에 들어가서 진짜 토끼처럼 자연의 법칙을 따르며 살자고 했다. 나는 무슨 말을 해야 할지 몰라 주저했다.

진짜 토끼가 되고 싶어서 저와 하나가 된 것 아니었나

PC방
DVD

노래방

요? 사람들은 다시 우리를 버릴 거예요. 그렇게 당하고도 정신 못 차렸어요?

마시마로는 끊임없이 투덜거렸다. 그러나 솔직히 말해서 나는 도시를 떠날 생각은 꿈에도 하고 싶지 않았다. 더군다나 온통 녹색투성이인 산이라니. 상상만 해도 끔찍했다. 지금 생각해 보면 나는 진짜 토끼가 되고 싶은 게 아니라 이 세상의 일원이 되고 싶었던 것 같다. 쉽게 말하면 애완동물처럼 말이다.

나는 마시마로를 달래며 시간을 끌었다. 한동안은 마시마로도 체념한 듯 우리의 삶을 받아들였다. 그러나 그것도 잠시였다. 우리가 다시 괴물 취급 받기까지는 얼마 걸리지 않았다. 토끼가 되고 싶다며 사라진 사람들이 증가하고 있다는 뉴스가 보도되면서부터였다. 우리는 유력한 납치범으로 떠올랐다. 나와 마시마로의 사진이 여기저기 떠돌았고, 우리가 사회 부적응자였고 괴기스러운 모습으로 사람들을 겁줬다는 목격담이 회자되고 있었다.

그런데 이해가 가지 않는 게 있었다. 우리가 진짜 납치를 했다고 치자. 언제는 내가 사람도 아니라고 손가락질

했으면서 나쁜 짓을 한다고 사람과 똑같이 처벌하려 하는 게 웃기지 않은가. 더군다나 우리는 결백하다. 납치 같은 건 생각해 본 적도 없었다. 단지 우리의 인생을 우리의 의도대로 살아가기 위해 노력한 것뿐이었다. 그게 죄라면 죄였다. 헛웃음이 비집고 나왔다.

토끼 머리라고 부르며 사람 취급도 하지 않았잖아요? 그런데 나쁜 짓을 하든지 말든지 무슨 상관인가요?

누가 우리를 비난하면 나는 약이 올라서 위악적으로 되받아쳤다. 그들이 우리를 더욱 비난한 건 불 보듯 뻔했다.

솔직히 고백하면, 실종된 사람 중 절반 정도는 우리를 찾아왔다. 자고 일어나면 우리 곁에 웅크리고 있으니 어떻게 그들을 모른 척한단 말인가. 그토록 가련한 토끼 인간들을. 더군다나 완전한 토끼 인간은 별로 없었다. 그들은 토끼 머리, 토끼 몸통, 토끼 귀, 토끼 손, 토끼 발, 토끼 꼬리였다.

1년 내내 집에 숨어 있다가 핼러윈 데이 때나 얼굴을 내밀 수 있었지요.

토끼 머리가 말했다.

길쭉한 토끼 발 때문에 맞는 양말이 없어서 평생 맨발로 살았습니다.

토끼 발이 말했다.

얼음 공장에서 일하다가 사고로 손가락을 잃은 뒤 팔자에도 없는 토끼 손이 됐습니다.

토끼 손이 말했다.

제발 모자를 벗고 다니고 싶어요. 그게 아니면 고흐처럼 미친 척하고 귀를 자르든지요.

토끼 귀가 말했다. 내가 그들에게 특별히 해준 건 없었다. 토끼 인간으로서 좀 더 수월하게 살 수 있는 노하우를 전수해 주고 그들이 서로의 짝을 찾아 토끼가 될 수 있도록 알선해 주었을 뿐.

토끼가 아닌 자들도 많이 찾아왔다. 주로 외국인 노동자, 불법 체류자, 신용 불량자, 노숙자들이었다. 그들은 인간으로 사는 게 비참하고 힘들다며 차라리 토끼 인간이 되고 싶다고 했다. 나는 그들에게 토끼처럼 행동하는 법을 가르쳐 주었다. 마시마로는 그런 내가 못마땅했는지 꽁해 있었다.

이봐, 마시마로, 토끼보다 못한 사람들도 살아야 할 권리가 있다고.

내가 타일렀지만 마시마로는 좀처럼 마음을 풀지 않았다.

인간 토끼를 잡습니다

급기야 우리에게는 현상금도 걸렸다. 우리에게 다녀간 몇몇 토끼들이 인간을 상대로 복수를 시작한 것이었다. 토끼 인간들은 인파가 몰리는 관광지나 유흥가에 출몰해 소동을 벌였고, 비행기와 기차에 폭탄 테러도 했다. 토끼를 좋아하는 어린아이들을 꾀어 납치하기도 했고, 토끼 신을 섬기는 이단도 생겨났다. 예상하지 못했던 일이라 당황했지만, 솔직히 말해 나는 내심 그들을 응원했었다. 토끼라고 당하란 법만 있는가!

그 무렵 우리를 노리는 전문 사냥꾼들도 생겼다. 사냥꾼들은 곳곳에 덫을 설치하고 매복했다. 차를 세워 뒀던 장소들에, 마시마로가 좋아하는 돈가스 가게에, 심야 영화를 보러 가던 극장에. 우리의 행동반경은 점점 좁아졌다. 결국 우리는 지하 주차장에 숨어 있다가 밤에 몰래 나와 쓰레기통을 뒤적이는 비참한 신세로 전락하고 말았다.

언제부턴가 생포하거나 사냥한 토끼 인간을 든 채 기념사진을 찍고 SNS에 올리는 게 유행처럼 번졌다. 생포된 토끼 인간들을 가둔 우리도 생겼다. 우리 안에는 금세 토끼 인간들이 가득 채워졌다. 뉴스를 보고 있으면 철창에 갇힌 채 겁에 질려 있는 낯익은 토끼 인간들이 나오기도 했다. 달리 방법이 없었다. 포위망은 점점 우리를 옥죄었고, 나는 마시마로에게 승복할 수밖에 없었다.

우리는 강원도에 위치한 산으로 들어갔다. 유독 음울한 기운을 내뿜는 나무가 빽빽한 데다가 산책로도 없는 험준한 산이라 사람의 흔적은 찾을 수 없었다. 나는 당장이라도 날개 달린 토끼들이 습격할 것 같은 분위기에 압도당해 있었지만, 마시마로는 진심으로 행복해했다. 마시마로는 맑은 냇물에 발을 담갔고, 캠핑을 하듯 모닥불을 피우고 노래를 흥얼거렸다. 아침 이슬을 맞으며 신선한 풀을 뜯어 먹었고, 밤에는 별을 헤아리며 생각에 잠겼다. 가끔 멧돼지나 삵이 나타나 위협했지만 그건 본능이지 인간이 품고 있는 것 같은 악의가 아니었다. 마시마로는 천적에게 쫓기는 것조차 즐기는 것 같았다. 지금 말할 수 있는 건 나는 그리 행복하지 않았다는 것이다. 그러니 마시마로가 잠든 사이 자수해 버렸지.

우리는 토끼 우리로 이송됐다. 자그마한 인공 초원 위에서 토끼 인간들이 뛰어다니고 있었다. 그들은 침울해 보이지도 행복해 보이지도 않았다. 그저 묵묵히 살아갈 뿐이었다. 마시마로는 배신자라고 부르짖으며 내게 계속 덤볐고 결국 격리됐다. 나는 마시마로를 잃고 다시 토끼 머리가 됐다.

시간이 흐르자 토끼 인간들은 나를 따돌리기 시작했다. 내 몫의 먹이를 훔쳐 갔고, 밤마다 나를 때리고 할퀴었다.

토끼 머리 주제에.

그들은 말버릇처럼 나를 무시했다. 마시마로와 떨어

져 있는 이상 나는 여기에서도 완벽한 존재가 아니었다. 마침내 나 역시 격리돼 독방에 갇혔다.

넌 토끼 머리잖아. 왜 토끼처럼 굴고 이 난리야. 어서 죗값을 치루고 돌아와. 사람처럼 살 수 있도록 도와줄게.

몇몇 지인이 나를 찾아와서 설득했다. 어린아이들도 부모를 졸라 나를 찾아왔다. 아이들은 여전히 나를 좋아했다. 부모들은 위험하다고 했지만 아이들은 나를 만지지 못해 안달이었다. 어느 날, 아이 중 하나가 철창 안에 손을 넣고 나를 쓰다듬었다.

내 친구 토끼 머리, 어서 우리 세상으로 돌아오렴.

아이가 중얼거렸다. 그리고 내게 편지를 내밀었다. 다음과 같이 시작하는 편지였다.

나의 귀여운 토끼 머리에게

되돌아보면 그 편지를 읽으며 철창 바깥에서 토끼 머리로 살아갈 때가 행복했다고 생각했던 것 같다. 사람들이 나를 토끼 머리라고 부르며 깔깔거렸던 그 순간들을 그리

워했던 거 같다.

맞습니다. 저는 토끼 머리입니다. 토끼 인간들을 선동했습니다.

마침내 죄를 인정하고 처벌을 받았으니. 이 세상으로 되돌아오기 위해.

아직도 나는 가끔 마시마로를 보러 토끼 우리에 다녀온다.

빌어먹을 토끼 머리.

마시마로는 나만 보면 죽일 듯이 으르렁거리며 철창에 매달린다.

마시마로, 고집 그만 피우고 밖으로 나오렴. 죄를 인정하기만 하면 돼. 다른 사람들과 다르다는 것만 인정하면 된다고.

안타깝게도 내가 아무리 말해 봤자 마시마로는 듣지 않았다.

그렇다고 내가 지금 행복한 삶을 살고 있다고 여긴다면 오산이다. 모든 걸 사람들의 뜻대로 인정해 줬지만, 조롱거리가 되어 주었지만, 나는 다시 외톨이가 됐다. 전보다 더. 나는 집에 틀어박혀서 머릿속에 있는 걸 글로 옮기는 것 외에는 딱히 할 게 없었다. 그러니 이런 글을 쓴 걸 이해해 주시길.

“인간이 동물처럼 그려지는 건 자연스러운 과정”

오한기

「사랑하는 토끼 머리에게」의 이야기는 어디서, 어떻게 시작되었나?

캐릭터에서 시작된 소설이다. 이 단편을 쓸 당시 『악스트』에 장편 소설을 연재하고 있었다. 토끼 머리는 그 장편에 나오는 캐릭터다. 그 토끼 머리는 요양원 악덕 운영주로 40대 전후의 흉폭한 테러리스트다.

작가 본인이 생각하는 이 이야기의 중심은 어디인가?

토끼 머리라는 별명을 지닌 사람이 진짜 토끼 머리가 되는 과정.

이번 소설에서는 〈토끼〉이지만, 전작에는 〈홍학〉이 등장한다. 동물의 어떤 점에 이끌려 소설의 소재로 쓰게 되었는가?

내 소설에서 인간이 동물처럼 그려지는 건 자연스러운 과정인 것 같다. 첫 단편집인 『의인법』까지는 사람은 사람으로 그려진다. 사람답지 못한 사람, 사람 노릇을 하지 못하는 사람일 뿐. 그 뒤 발표한 「사랑」이나 「곰 사냥」 같은 단편을 보면 사람은 사람이길 포기했으며 더 이상 사람으로 불리지 않고, 더 나아가 동물처럼 행동한다. 마침내 장편 소설 「홍학이 된 사나이」에서 화자가 홍학이 되는 것도 이상한 일이 아니다.

어떤 장면이 가장 마음에 남는지?

요양원에서 외삼촌을 만나는 장면. 우리에 갇힌 마시마로를 설득하는 장면.

최근의 화두는?

병. 수술.

소설과 그림이 하나의 이야기를 나타냈다. 두 매체가 만나면

각각 어떤 부분이 더 드러나거나 강조된다고 생각하는지?

좀 더 어릴 땐 친구들과 소설을 교환해 읽고 의견을 나누곤 했는데, 소설가가 된 뒤에는 그럴 기회가 없다. 그래서 항상 독자가 내 소설을 어떻게 느끼는지 궁금하다. 소냐리의 일러스트가 궁금증을 일부 해소해 주었다. 인물, 표정, 공간, 소품, 배치, 예상치 못한 장면이나 감각들. 특히 인상 깊었던 건 마지막 장면인 외톨이가 된 토끼 머리가 〈사랑하는 토끼 머리에게〉를 쓰는 장면이다. 그림의 앵글이 부감이라 진짜 토끼 머리가 글을 쓰는 것처럼 보인다. 화자가 진짜 토끼 머리가 된 것이다. 마술처럼!

소냐리의 일러스트를 보고 본인이 생각했던 이미지와 어떻게 같고 어떻게 달랐나?

나는 막연하게 귀여운 토끼 이미지를 상상하고 있었다. 그런데 일러스트는 귀엽기도 하지만 슬프고 잔혹했다. 좋았다.

그림 작품이 계기가 되거나 영감이 된 적이 있는가?

의식적으로는 한 번 있었다. 대학에 다닐 때 친구들과 소설 스터디를 한 적 있었다. 그때 일주일에 한 번 미니픽션을 쓰는 과제가 있었는데, 그중 하나가 에드가 드가Edgar Degas의 「발레 수업The Ballet Class」이라는 그림을 보고 쓰는 것이었다. 무슨 내용을 썼는지 생각나지 않아서 찾아봤는데 파일이 어디 있는지 모르겠다. 무척 어려웠던 건 기억난다.

이야기를 짓는 것이 어떤 즐거움을 주는가?

연속성. 개인적으로 이야기에서 이야기가 생성되는 것에 어떤 쾌감이 있는 것 같다. 앞서 말했듯이 〈토끼 머리〉는 장편의 캐릭터에서 나왔다. 마시마로는 원래 볼키라는 이름의 인물로 쓰다 만 다른 단편에 나온다. 최근 출간된 『나는 자급자족한다』에 출현하기도 한다.

소설을 쓸 때 중요하게 생각하는 본인만의 원칙이 있나?

용기를 잃지 않는 것.

오한기에게 〈소설〉은 무엇인가?

모르겠다. 전에는 많이 생각했다. 자의적이든 타의적이든. 내게 전부였던 적도 있다. 삶의 이유였던 적도 있었고. 그런데 지금은 생각하지 않는다. 생각하지 않은 지 5년은 된 것 같다. 앞으로는 어떨까. 모르겠다.

〈소설〉은 현시대에 어떤 힘을 지니고 있다고 생각하는가?

현시대가 아니라 나에게 소설이 어떤 힘을 지니고 있는지 생각해 봤다. 나는 어떤 소설을 읽으면 글이 쓰고 싶다. 좋은 소설이라서가 아니다. 그런 종류의 소설이 있다. 이게 내게 소설이 지닌 힘이다.

단편 소설의 장점은 무엇일까?

밀도. 출퇴근하는 시간 정도에 읽을 수 있는 분량으로 소설의 모든 걸 함축적으로 전달한다. 단기간에 머릿속에 많은 게 들어오면 약간 뿌듯하지 않나.

좋아하는 단편 소설을 꼽는다면?

문득 떠오르는 건 로베르토 볼라뇨의 단편집 『전화Llamadas telefónicas』에 수록된 단편들. 수도 없이 읽었다. 「센시니Sensini」, 「엔리케 마르틴Enrique Martín」, 「앤 무어의 삶Vida de Anne Moore」.

소설을 쓸 수 없는 상황이 닥친다면 어떤 식으로 〈이야기〉에 대한 욕구를 표현할 수 있을까.

글쎄, 소설을 쓸 수 없는 상황이 닥친다면 등단하기 전처럼 남들이 쓴 소설을 보면서 투덜거리기나 할 거 같다. 그런데 너무 괴로울 거 같다. 쓸 수 없더라도 욕구는 그대로일 테니. 쓰지 못하게 하려면 욕구도 없애 줬으면 좋겠다.

이 책을 〈테이크아웃〉 한다면 어떤 공간과 시간으로 이 책을 가져가고 싶은지?

겨울. 숲.

“고통 속에서도 스스로에게 느끼는 사랑”

소냐리

지금껏 그려 온 그림을 보면 독특한 캐릭터에 컬러풀한 형광 컬러, 패턴 등이 인상적이다. 소냐리에게 캐릭터를 만드는 것은 어떤 의미인가?

캐릭터에 성격을 부여하고 컬러와 패턴으로 비주얼화시키는 건 매력적인 과정이다. 드로잉이 살아 움직이는, 어릴 적 판타지 같은 느낌이랄까.

평소 그림 속에 새로운 생명체가 많이 등장한다. 그들과 이 소설 속의 주인공에 공통점이나 다른 점이 있나.

내가 그리는 캐릭터는 모두 다른 세상 속 자신의 이야기 안에서 살아가지만, 우리가 사는 세상도 호기심을 가지고 관찰한다. 토끼 머리의 시선을 느끼셨나요?

절제된 표정의 캐릭터들을 통해 그들의 상황과 모습을 귀엽거나 코믹하게 표현한다. 어디서 영감을 받는가?

어린아이 같은 동심과 호기심.

어떤 작업을 주로 하는지? 그것이 이번에 소설을 읽고 하는 작업과 어떻게 다른지 궁금하다.

상업적 또는 에디토리얼 일러스트레이션과 나만의 세계와 이야기를 표현하는 개인 작업의 균형을 유지하려고 항상 노력 중이다. 이번 소설은 두 가지를 만족하는 작업이라 굉장히 재미있었다.

「사랑하는 토끼 머리에게」를 읽고 가장 먼저 떠오른 이미지는 무엇이었나?

미셸 공드리Michel Gondry의 영화 「수면의 과학The Science of Sleep」처럼 꿈과 현실의 경계에서 길을 잃은 토끼 머리.

컬러는 핑크이다. 핑크 토끼도 인상적이다. 색으로 표현되었으면 했던 점은?

사랑스러움을 표현하기에 핑크보다 더 적합한 컬러는 없다고 생각한다. 토끼 머리의 사랑스러움과 함께 현실의 고통 속에서도 토끼 머리가 스스로에게 느끼는 사랑을 표현하고자 했다.

글과 그림은 그 표현 영역이나 효과가 다른데, 이 그림들로 그림 매체의 어떤 점이 부각되었다고 생각하나?

독자의 상상력의 범위를 좀 더 확장시켜 줄 수 있지 않았을까.

가장 좋아하는 작업 툴은 무엇이며 그 이유는?

종이에 과슈로 페인팅하는 작업이나 스프레이 벽화 작업을 좋아한다. 디지털 작업을 주로 하다 보니 컴퓨터 앞을 떠나 할 수 있는 아날로그 작업에 더 감사하게 된다.

문학 작품을 읽으면서도 영감을 얻는지 궁금하다.

보통 다큐멘터리와 영화에서 영감을 많이 얻는다. 최근에 인상 깊게 본 영화는 「콜 미 바이 유어 네임Call Me By Your Name」, 인상 깊게 본 다큐멘터리는 BBC에서 제작한 「월드 인 2050 The World In 2050」이다.

소설과 같은 비중으로 그림을 배치한다는 이야기를 들었을 때 어떤 점이 좋았고, 어떤 점이 걱정스러웠는가?

걱정스러운 부분은 없었다. 내가 표현할 수 있는 범위 안에서 오한기 작가의 스토리를 조금이라도 더 흥미롭고 컬러풀하게 풀어낼 수 있다면 좋겠다고 생각했다.

동서고금 막론하고 같이 일해 보고 싶은 문인이 있다면?

무라카미 하루키. 이 책의 저자인 오한기 작가와도 다시 작업할 기회가 있다면 영광이겠다.

그림을 그릴 수 없는 상황이 닥친다면 어떤 식으로 〈그림〉에 대한 욕구를 표현하겠는가?

음악과 그림은 표현하고 창작하는 과정이 비슷하다고 생각한다. 미뤄 둔 음악에 대한 열정을 표출할 수 있는 좋은 기회가 되겠다.

이 작품을 〈테이크아웃〉 한다면 어울릴 시간이나 장소는 어디일까?

우연하게 들린 미스터리한 잡화점 또는 서점.

오한기
2012년 현대문학 신인 추천을 통해 등단했다. 『의인법』, 『홍학이 된 사나이』, 『나는 자급자족한다』를 썼다. 2016년 젊은작가상을 수상했다.

소냐리
로테르담과 서울을 기반으로 활동하고 있다. 독창적인 캐릭터, 재치 있는 이야기, 선명한 네온 컬러가 주된 특징이다. 그림, 회화, 벽화, 애니메이션 및 예술 등 다양한 분야를 다룬다.

TAKEOUT 09
사랑하는 토끼 머리에게

글 오한기 **그림** 소냐리 **발행인** 홍유진 **발행처** 미메시스
주소 경기도 파주시 문발로 314 파주출판도시
대표전화 031-955-4400 **팩스** 031-955-4404
홈페이지 www.mimesisart.co.kr **email** info@mimesisart.co.kr

ISBN 979-11-5535-139-0 04810 979-11-5535-130-7 (세트)
발행일 2018년 9월 1일 초판 1쇄

이 도서의 국립중앙도서관 출판예정도서목록(CIP)은 서지정보유통지원시스템 홈페이지(http://seoji.nl.go.kr)와 국가자료공동목록시스템(http://www.nl.go.kr/kolisnet)에서 이용하실 수 있습니다. (CIP제어번호: CIP2018026229)

이 책은 실로 꿰매어 제본하는 정통적인 사철 방식으로 만들어졌습니다.
사철 방식으로 제본된 책은 오랫동안 보관해도 손상되지 않습니다.

TAKE OUT

테이크아웃은
단편 소설과 일러스트를 함께 소개하는
미메시스의 문학 시리즈입니다.

01 **섬의 애슐리** 정세랑×한예롤

02 **춤추는 사신** 배명훈×노상호

03 **우리집 강아지** 김학찬×권신홍

04 **밤이 아홉이라도** 전석순×훗한나

05 **우리는 사랑했다** 강화길×키미앤일이

06 **정선** 최은미×최지욱

07 **뷰티-풀** 박민정×유지현

08 **부산 이후부터** 황현진×신모래

09 **사랑하는 토끼 머리에게** 오한기×소냐리

10 **비상문** 최진영×변영근

11 **몫** 최은영×손은경

근간 **문학의 새로운 세대** 손아람×성립

끓인 콩의 도시에서 한유주×오혜진

팬텀 이미지 정지돈×최지수

꿈은, 미니멀리즘 은모든×아방

부케를 발견했다 최정화×이빈소연

•

•

•